BP1595

D1366898

BLOSSOM PARK

Pour Léa
Carl

Pour Aymeric
Claude

Des mêmes auteurs

LES MOTS DOUX
L'ÎLE AUX CÂLINS

© 1999, l'école des loisirs, Paris
Loi N° 49 956 du 16 juillet 1949,
sur les publications destinées à la jeunesse:
novembre 1999.
Dépôt légal: novembre 1999

Mise en pages: *Architexte*, Bruxelles
Imprimé en Italie par *Grafiche AZ*, Vérone

Bonjour, mon petit cœur

Texte de Carl Norac
illustrations de Claude K. Dubois

PASTEL
l'école des loisirs

Quand Lola est contente, elle chante.
C'est sa façon d'être gaie.
Aujourd'hui, Lola a envie de chanter : le premier jour
dans sa nouvelle classe s'est bien passé.

Dans les rangs, Lola rencontre Lulu.
– Dis-moi, Lola, comment ils t'appellent tes parents ?
demande Lulu.

– Ça dépend, répond joyeusement Lola:
mon bébé, mon petit cœur ou *ma petite fée*.

À ces mots, Lulu et les autres pouffent de rire.

Lola n'a plus envie de chanter.
"Pourquoi se moque-t-on de moi ?
Je croyais que tout le monde avait des petits noms…
Il faut que je vérifie !"

– Excusez-moi, Monsieur l'Agent, ils vous appelaient comment vos parents quand vous étiez petit ?

– *Mon gentil poussin*, pourquoi ? répond le policier.
– Pour rien, dit Lola.

Lola pose la même question au boulanger.
– Ils m'appelaient *ma petite boule de pain*,
sourit-il un peu gêné.

Lola croise une dame qui pousse un landau.
Son bébé hurle et gesticule…
– Calme-toi, *mon ange*, lui dit doucement la maman.
"Drôle d'ange !" pense Lola.

Lola recommence à chanter. Elle se sent rassurée :
tout le monde a un petit nom !

À l'arrêt du bus, Lola entend rire derrière elle.
– Hououou, *la fée* ! Coucou, *le bébé* !

Lola ne veut plus voir Lulu et les autres…
Elle rentre chez elle à pied, sans siffler, sans chanter.

– Bonjour, mon bébé, dit Papa en lui ouvrant la porte.
– Je ne suis plus un bébé, je suis une géante ! crie Lola.

– Bonjour, ma petite fée, dit Maman.
– Je ne suis pas une fée, je suis une sorcière !

Inquiets, Papa et Maman s'approchent:
– Que se passe-t-il, mon petit cœur?

– Le petit cœur, c'est moi! s'écrie Lola
en sautant dans leurs bras.
Elle ne résiste pas à ce petit nom-là.

Le lendemain matin, quand Lola retourne à l'école,
elle ne pense plus à Lulu-la-moqueuse.

Dans la cour, Lulu arrive droit sur elle.
– Pardon pour hier. J'étais jalouse, dit-elle.
Chez moi, on ne dit pas des mots doux comme ça.
– Oh! C'est triste! s'écrie Lola.

– Rassure-toi, sourit Lulu.
J'en ai parlé à mes parents et ça s'est arrangé.
– Chouette ! Et alors, comment t'appellent-ils ?

– Ça dépend, répond fièrement Lulu :
mon bébé, mon petit cœur ou *ma petite fée*.
– Ah non ! crie Lola, pas ces noms-là !
Ils sont à moi, rien qu'à moi !

En classe, Lola boude très fort.
"Le petit cœur, c'est moi, pas elle !"

Puis, elle réfléchit et arrête de bouder.
Les petits mots doux sont à tout le monde, après tout !

– Hé, Lulu, dit Lola, tu sais quoi ?
J'ai envie de t'apprendre à chanter !

Maintenant, quand Lola et Lulu sont contentes, elles chantent. C'est leur façon à elles d'être gaies.